オバァの妖怪
パーントゥ デビュー

あんどうあいこ 著

ボーダーインク

はじめに

ハイ！　私が、パーントゥ　オバァだよ。
なりたてだからねー。生まれたてと言うかねー。
ま、どっちでもいいさー。
何！　パーントゥを知らない？　聞いたこともない？
パーントゥとはね、沖縄の南の海に浮かぶ宮古島《みやこじま》で
暮らしている妖怪《ようかい》さー。
神様でもない、ましてや幽霊《ゆうれい》でもない。
どちらかといえば、妖精《ようせい》に近い。
かわいい妖怪の代表といえば、そう、トトロ。
トトロはオバァのライバルさー。ウッフッフ。

このお話は、そんなオバァが死んでしまうところから始まる、
ちょっと縁起《えんぎ》の悪い物語であるさー。

だけども、オバァは嬉《うれ》しい！
だって憧《あこが》れのパーントゥになれたからさー。

砂川家は昔から、大家族。
息子も嫁も、まごも、ひまごも揃ってね、
みんなでワイワイと宮古島で暮らしていたよ。
でもたまには仲良し家族でも、喧嘩《けんか》することもあるし、
ひょんなことから、島を飛び出して、家族が離ればなれになることもあるわけさー。
ハプニングなわけよー。
アガイッ、そんな時こそ、オバァの知恵《ちえ》の見せどころ。
悪知恵といたずらは、パーントゥになる前から大好きだったからねー。
オバァは、どんな知恵で、切り抜けたかねー。
詳しいことは、中学二年生になる、ひまごの健太《けんた》が話してくれるよー。
心配ないさー、オバァに、マカシウキ！(任せなさい)

✿　✿

その日の朝、僕《ぼく》はいつものように目覚まし時計で飛び起きた。

「おーい、康太《こうた》。起きろ！」

拳《こぶし》で二段ベッドをゴンゴン叩くと、康太は、

「もー朝かよー」

と、眠《ねむ》い声を出す。

「おまえは牛か？　早く起きてこい」

僕は兄らしく、ちょっといばった言い方をしてみる。

「健太ニーニー（兄さん）おはよう！　朝から何はりきっているの？」

康太は目をつむったまハシゴから下りてきた。

「おまえ、うれしくないのか？　明日から春休みだぜ」

「うれしいよ。でも学校も好きさー」

変なやつ。僕は小学校の時から学校は大嫌《だいきら》いだったのに。

というか、勉強が嫌いだ。給食がなかったら学校へ行く意味がない。

「遅刻《ちこく》するぞ。早く用意しろ！」

「できた」

チェッ。そうなのだ、康太のやつはすばしっこいんだよ。勉強も運動も遠慮《えんりょ》なく兄貴《あにき》を超えやがる。僕は小さい時からせかせかすることが嫌いだった。

砂浜で半日穴掘《あなほ》りをしていたら、村中が大騒《おおさわ》ぎになっていた。同じく海辺で一日絵を描いていたら、消防団《しょうぼうだん》のオジさんに強制連行《きょうせいれんこう》された。

とうさんには、のんびりしすぎと怒られ、かあさんにはのろまとののしられて、僕は本物のマイペース人間になったのだ。最近のかあさんなんか、僕の顔を見ただけでイライラするなんて言うんだから、ひどい親だよ。

着替えを済ませた康太は、ランドセルを鳴らして階段《かいだん》を下りる。いつものように康太を追う形で、僕も部屋を出た。七時を少し過ぎている。たぶん二階の部屋には誰もいない。

二階には、僕たちの部屋以外に、とうさんとかあさんの部屋。そしてネーネー（姉さん）の部屋がある。

ネーネーは三月一日に高校を卒業《そつぎょう》した。四月からは大学生になる。下宿か１ＤＫのアパートかと楽し気に悩んでいる。僕はネーネーの部屋をチラリと見て通り過ぎる。ネーネーはこの頃、みょうに大人っぽくなった。

僕は二年前のあのことを思い出して、また胸がチクリと痛んだ。実は、ネーネーは一年間、

※（豚味噌　豚肉と味噌を炒め合わせた惣菜）

僕たち家族と別れて、宮古島でオバァたちと暮らしていたんだ。その間、ネーネーは、僕たちに一回も手紙を送ってこなかった。

「ニーニー、朝ご飯ないよ。それにさー、誰もいないんだけど」

康太が不安そうな顔で突《つ》っ立《た》っている。

康太が言ったとおり長方形と正方形のテーブルの上には何もなかった。いつもだと、くっつけられた二つのテーブルの上は、ごはんと味噌汁が並べられ湯気を立てているのに。

テーブルには、小皿にのった焼きのり、小鉢《こばち》の漬《つ》け物《もの》、タッパーに入った※豚味噌、昨夜の残りのチャンプルーも添《そ》えられる。でも、今朝は何もない。

「あれ、オバァがお茶を飲んでいないさー」

康太は大発見でもしたような声で言う。

砂川家では、「オバァ」というと、僕たちの曾祖母《そうそぼ》のカマドオバァのことだ。バリバリ元気な百一才。

そのオバァに、毎日お茶を出すのが、チィバァ六十九才。僕たちの祖母のミチおばぁちゃんだ。ネーネーが生まれて、お家の中で「オバァ」が二人になったので、ミチおばあちゃんは、小さいオバァということで「チィバァ」と呼ばれるようになったらしい。

チィバァは朝五時に起き、お湯を沸かし、お茶を入れる。

オバァの好きなお茶は、ジャスミンの香りのさんぴん茶（オバァは琉球茶《りゅうきゅうちゃ》と言っている）。

「おいしいさー、琉球茶は百年飲んでも飽きんねー」

きのうの朝もそう言いながらさんぴん茶を飲んでいた。

ふと神棚《かみだな》を見ると、お線香《せんこう》がたいてなかった。これもチィバァの仕事で、この砂川家に嫁に来てから欠かしたことがないと自慢していたのに。

「あっ、そうか。チィバァが寝ぼうしたんだ」と、僕は言った。

「ふーん。でも、かあさんもネーネーもいないさー」さらに不安気《ふあんげ》な康太の声。

とうさんとオジィの姿もないが、二人は朝早くから畑に行って、朝ごはんまでには戻って来るので気にならない。

オジィとは、僕たちの祖父の恵勇《けいゆう》オジィのこと。チィバァのダンナ様というわけ。

オジィのおとうさん、つまり曾祖父《そうそぼ》は、僕たち三人のひまごのことを知らない。僕はオバァの部屋にいる軍服姿の曾祖父《そうそぼ》なら知っている。どこかしら康太に似ている顔立ちなんだ。

ふと僕は、オバァの部屋に続く襖《ふすま》が閉まっていることに気がついた。

康太はランドセルを床にドサリと落とし、居間を出て行く。階段《かいだん》を駆《か》け上がる音がする。

「かあさ〜ん、ネーネー。ごはん、朝ごはんは〜。春休みは明日からさー。学校に遅れるよ〜ってば〜」二階で康太の声がわめいている。

「おかしいさー、いつも開けっぱなしなのに」

僕は独り言を言いながら襖を開け放した。食卓にいなかった家族は、全員そこにいた。

「なんねー、みんなで何しているの？」

みんなは、眠っているようなオバァのまわりで、正座したまま動かない。

僕は、ゴクリと唾《つば》を飲み込んで、すべてを察した。

✿

「かあさ〜ん、どこに行っちゃったんだよ」

康太の声が階段を駆け下り、すぐに僕のところまで来た。呆然《ぼうぜん》とつっ立っている僕には目もくれずに、オバァの部屋を覗《のぞ》いた。

「なーんだ、かあさんここに…」

康太も立ちすくんだ。僕は康太の背中を押して、オバァの部屋に入った。

オバァが、死んじゃったんだ。オバァが、死んだ……。でも、誰も泣いてない。

と、いうことは、これは夢じゃないか？　僕はまだ寝ぼけているかも？

そうじゃなかったら、僕らをだまそうと、みんな芝居しているんだろー。

かあさん、ネーネー、早く朝ごはんの仕度しないと。とうさん、オジィ、新聞読んで。チィバァ、さんぴん茶とお線香を忘れているさー。オバァ、お芝居《しばい》をしている場合じゃないよ。ぼーと寝ていないで、早く起きて、みんなを、みんなを叱《しか》らんと。

初めての家族の死に直面《ちょくめん》した僕の脳は、パニック症状《しょうじょう》を起こしていた。

し、し、死ぬって、一体どういうこと？

今まで息をしていたのに、息をしなくなること。動いていたのに動かなくなること。

そして、その姿はこの世から消える。骨だけになるんだ。

ウワー、オバァー。いやだよー。

僕は同級だったケン坊がため池に落ちて死んだことも、まだ信じられずにいる。五年も経《た》つのに。ケン坊のかあさんが狂《くる》ったように泣いていた姿が恐《おそ》ろしかった。あれ以来、僕はケン坊の家にもため池にも近寄れない。

でも不思議《ふしぎ》だ。オバァが死んだのに、誰も狂ったように泣かない。僕の家族は、ただ黙《だま》って座っているだけだ。どのくらいそうしていたのだろうか。誰かが時を止めたのか、柱時計は五時十五分のまんまになっていた。

「みーんなに連絡しないと」

とうさんがすっくと立ち上がって言った。

「そうだねー、知らせんとねー」

かあさんも立った。続いてオジィとチィバァも黙って立って、部屋を出て行った。

残ったのは、ネーネーと康太と僕だけ。

「私、何で涙が出ないんだろう？」

ネーネーがつぶやいた。僕たちに答えを求めている声ではない。でも、ネーネーに何か言ってあげたい。なんて言ったらいいんだー。ああ！　僕ってやっぱり情けないやつだー！

三人は、また黙《だま》ってオバァの側に座っていた。

家の中が急に慌《あわ》ただしくなり、僕と康太は二階の自分たちの部屋に追いやられてしまった。

オバァの死が信じられず、涙も出ないネーネーなのに、何やらせわしげに動き回っている。

「とうさん、古い電話帳ってこれねー？」と、ネーネーが言うと
「オー、そうそう。大阪のオジィの電話番号が書いてあるはずさー」と、父さんが答える。

大阪のオジィは僕も知っている。オバァの弟だ。頭に毛が一本もない、つまりハゲのオジィだ。忘れもしない五年前のお正月、僕は生まれて初めて一万円札を手にしたんだ。

「スゲェー！　金持ちのオジィさー」とはしゃぎ回った覚えがある。ひょっとして、又…。

あー！　ダメだー。僕って何ってヤツなんだ。

下はますます騒がしくなっている。診療所《しんりょうじょ》の先生と入れ違いに、葬儀屋《そうぎや》の軽トラが庭に入って来た。

僕は、オバァが死んだということを認めたくなかった。けど、こうも現実的に物事《ものごと》が動くと、夢とも思いにくくなっていた。

「ニーニー、オバァは死んだの？」

自分のベッドでじっとしていた康太が、おもむろに聞く。

「うん。たぶん」僕はポツリと言った。

「でもさぁ、オバァは昨日サトウキビたおし(サトウキビ苅り)に行ったさー。今年のキビは甘いって喜んでいたのにからよー」康太は一生懸命《いっしょうけんめい》訴《うった》える。

「でもオバァは死んだ。動いてなかった」僕は叫んだ。

叫びながら自分が泣いていることに気がついた。

「オバァ〜、オバァ〜。ア〜イッア〜ア〜」

康太が泣いた。

「ガア〜、ビエ〜ン、ビエ〜ン。オバァ〜よ〜」

僕は泣きながら思った。康太はオバァが死んだことを悲しんで心から泣いている。でも僕は少し違う。オバァの部屋から解放《かいほう》されてホッとして泣いている？　ため池で死んだケン坊のかあさんみたいに泣いている？　ただ泣いていたいから泣いている？　いろいろ考えながら泣いているけど、どれもピタッとこない。と、いうことは？

僕はウソ泣きをしているんだ。

ああ！　僕はきっとバチがあたる。オバァの幽霊《ゆうれい》にとりつかれるに決まっている。

「なんねー、大きな声で泣いて。オバァを呼んだねー」

〝ギャー〟　僕は、びっくりして、ぶつけたはずの頭など全然痛くもなく、オバァの声のす

る方に釘付《くぎづ》けになった。ベッドで中腰になった体は、後退《あとずさ》りをしていたかも知れない。

「も、もう幽霊になったの？　オバァ」と、僕。

「オバァ、死んだんじゃないの？」と、康太。

「そうよー。オバァはさっき死んでしまったさー。みんなお通夜《つや》の準備で大忙しだねー。大変さー」

オバァは人ごとのように言ってニコニコ立っている。

「わかった。オバァはあのパーントゥになったんだ。そうだよね、オバァ」

康太は興奮《こうふん》して言った。

「そうさー康太。オバァはパーントゥになりたかったからねー。うれしいさー」

オバァは言いながら、僕のイスを引っぱると、そこにちょこんと座った。

「オバァ、パーントゥはいたずらが大好きなんだよね。それにおちゃめでなきゃなれないんだよ」

康太は声を弾《はず》ませて二段ベッドのハシゴを下りてくる。

「ウフフフフフ。オバァはおちゃめでなくて、アパラギーアパラギー（美人）さー、康太」

死んでからも図々しいオバァだ。

ということは、やっぱり幽霊《ゆうれい》になった僕たちのオバァだよー。

「アパラギーオバァ。アパラギーオバァ」康太は手を叩いてはしゃいでいる。

僕はオバァと康太のかけ合いになかなか入っていけない。いつもは気にならないけど、今日はそんなわけにはいかない。

「あのう、オ、オバァ！　幽霊じゃないの？　パーントゥになったの？」

僕は、オバァの昔話に出てくるパーントゥなら知っている。

その話のなかでは、島の祭りに出てくるパーントゥとは違っていて、どっちかというと妖精《ようせい》や妖怪《ようかい》の方に近い存在だったんだ。

「そうさー、健太。オバァは幽霊ではないよー。パーントゥさー。オバァは百一才まで生きたから神様にもなれるけど、神様は真面目《まじめ》すぎて面白くないさー。オバァにぴったりなのがパーントゥというわけさー。わかるねー健太」

そういえばオバァは昔話のたびにそんなことを言っていた。パーントゥはオバァの憧《あこが》れだったんだ。

「だったらさー、いつでもオバァにあえる？」

僕は、半分くらいパーントゥオバァを認めることにした。

「あえるよー。パーントゥを信じておれば、いつでもあえるさー」

オバァはやさしくそう言った。

「信じる信じる。ねーニーニー」

「うん。僕も信じるよ、オバァ」

僕もなんだか嬉《うれ》しくなってきた。

「健太と康太が信じてくれる。嬉しいさー。さて、それでは出かけようかねー。二人にオバァの新しい住処《すみか》を教えておくさーねー」

オバァはイスから立ち上がった。

「えっ！　スミイカ？　スミカ？　どっち？」

「バカ康太、おちょけるな」

「アッハッハッハ。康太はおもしろいねー。今から海辺の御嶽《※うたき》がオバァの家さー。行ってみようねー」

「うん。僕、行きたい。ね、ニーニーも行くよね？」

「ああ、行こうぜ康太。オバァ、少し、待っててね。すぐに着替えるから」

僕は急いで学生服を脱ぎ、Tシャツと半ズボンになった。

階下ではますます動きが慌《あわ》ただしい。

僕たち三人は、ぬき足さし足で脱出《だっしゅつ》に成功。もっともオバァは他の人の目には映らないはずだから、ぬき足さし足の必要はない。でも、うちのオバァは喜んでやるんだ。こういうこと。

✿

上野村のサトウキビは、ほとんど収穫《しゅうかく》されていた。青々としているのは来年の分のサトウキ

※（御嶽　むらの聖域。むらを守る神様がいると言われている）

ビ。オバァと僕と康太は、畑の持ち主当てクイズなんてのをやりながら、御嶽を目指した。

上野村にはあちこちに御嶽がある。海の近くは特に目に入る。鳥居《とりい》が立っている御嶽もあるが、それは比較的新しい方の御嶽だ。昔からある御嶽は、ガジュマルの木とフクギが立っているだけの薄暗い所。

今、三人が目指しているのは、御嶽の中でも、古さと不気味さは最高級、と悪ガキ達に人気の場所だ。そこはオバァ達の社交場《しゃこうじょう》でもある。

オバァ達はごちそうや酒を持ち寄って集まり、まずお祈りをする。そして宴《うたげ》がはじまり、うたって、おどって、となる。オバァ達は楽しいだろうけど、その光景は恐ろし気なものだった。暗い所にオバァ達が集まっているだけでもヒヤリとするのに。

僕がオバァのお供をして御嶽へ行った時、確か五才くらいだったと思う。僕は見たんだ。オバァ以外の変な生き物たちを。いや、オバァ達が白い着物姿でいただけかも知れないけど、あれがパーントゥだったのかなー？　とにかく、あのときの光景は僕の脳に記憶《きおく》されている。

小学校に入ってからは、オバァのお供だけでなく近所の腕白《わんぱく》ニーニー達とも御嶽に行った。

木登り、かくれんぼ、缶けり、ちょっと悪いこと。ほとんどの遊びを御嶽で覚えたような気がする。今は康太の絶好《ぜっこう》の冒険ゾーンだろう。たぶん僕より悪いことをいっぱいしているはず。畑の持ち主当てクイズは、もちろんオバァがトップ賞。続いて康太（なぜかこういうことをよく知っている）。僕は自分家《じぶんち》の畑でさえ知らない。康太は丸められたオバァの髪にハイビスカスをさした。トップ賞のご褒美《ほうび》だ。やるな、康太。

海辺の御嶽は久しぶりだった。ガジュマルの葉におおわれていて、出入り口さえわからない。

「ここ、ここ」

オバァに言われて、やっと一人通れるくらいのすきまから入った。

月桃《げっとう》の香りがすると思ったら、今通ったところにたくさん花を咲かせていた。ぷくんとふくらんだつぼみがはじけると黄色い花びらをペロリと出すやつで、かわいいんだ。虫よけになるらしく、ほとんどの家に、この月桃はある。

それにしても静かだ。

「だーれもおらんかねー」

オバァは、一番りっぱなガジュマルの木に向かって呼びかけた。

〝カサカサ、ススス〟

「誰かいる！」康太が言った。

「アレー！　やっぱり砂川のオバァさー」

出た。パーントゥだ。

そのパーントゥは、オバァが見つめていた木の上からヒラリと、幽霊のごとく下りてきた。

「今日はどうしたの？　オバァ」

白い角かくしで顔がほとんど見えないが、パーントゥの声はきれいなお姉さんの声だ。

「あのさー、今日、ちょっと寝坊《ねぼう》したらね、嫁に…それで…と、なったわけさー」

何？　何言ってるのオバァ。わけのわからんこと言って。意味わからん。

「アッハッハッハ、オッホッホッホ。まったくオバァらしい話だね」

オバァはパーントゥに何を話したんだろう？　あんなにパーントゥに受けるなんて。何か、怪《あや》しい。絶対怪しい。

「と、いうことは…。もうここに住むんだね。オバァ」

パーントゥは嬉しそうな声で言った。

「そうさー。よろしく頼むよー」

話はどんどん進んでいる。

「みーんなおいで、砂川のオバァが家族になったよ」

パーントゥは、あちこちのガジュマルの木に手をふり合図を送った。

出てくる、出てくる。白い幽霊の様なパーントゥ達が、オバァをとり囲み歓迎《かんげい》している。

その時。

「オリャオリャオリャ」の声と共に、何か変な生き物も現れた。

僕と康太は思わず抱き合い、そのまま後ずさりしていた。

「健太、康太。心配ないさー、男のパーントゥだからね」

オバァが言った。

「食われない～？」康太が震《ふる》え声で聞いた。

「パーントゥは人を食わん」

全身毛だらけのパーントゥは、そう言うと康太をにらんだ。

「そ、そうでした。ごめんなさい」

康太があやまったので、男のパーントゥはニタリと笑った。

顔に泥みたいな物をぬっているし、やっぱ恐ろしいよー。

いったいいつからいろんな種類のパーントゥが住むようになったんだよ。この御嶽には。

僕は、いつでも逃げられるように出口を探したりしていた。

すると、またさっきのパーントゥが変な事を言った。

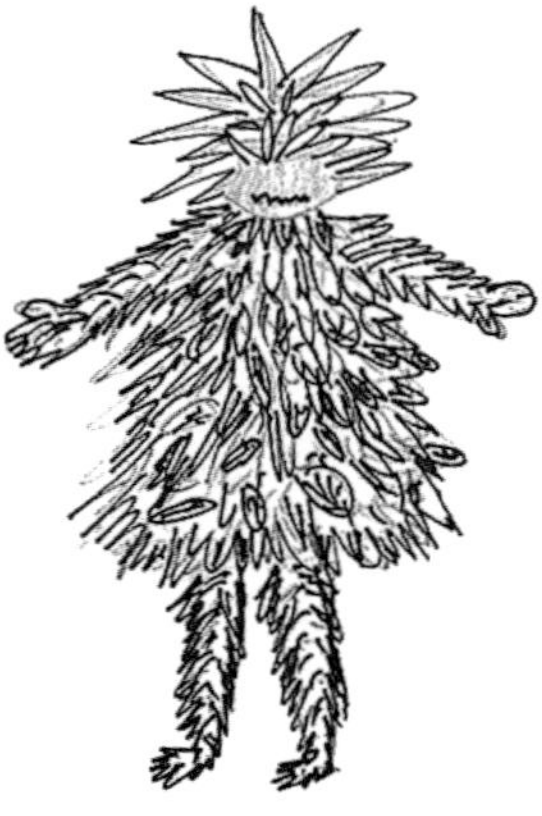

「砂川のオバァ、ガジュマルの木の上三番地は空けてあるよ。四月一日入居《にゅうきょ》予定と書いてあるけど、一週間早くなったんだね。あいよ」

男のパーントゥは月桃の葉でできた台帳をオバァに見せると、サインと判子《はんこ》を押すようにと言った。オバァはてきぱきと済ませ、満面《まんめん》の笑みをうかべている。

「はい、オバァ。白い着物と白い角かくし、それと白いぞうりね、オバァは一段とアパラギになるさー」

最初のきれいなお姉さんパーントゥ（僕の想像）が、パーントゥグッズを持ってきてくれた。

「嬉しいさー。これがオバァの憧れだったからねー。どれ、さっそく着てみようねー」

オバァはガジュマルの木の上三番地に消えると、あっという間にパーントゥの格好《かっこう》になって現れた。

「ああっ、すごい。オバァが本物のパーントゥになったー」康太が感嘆《かんたん》の声をあげた。

「似合うよー、オバァ」

「おめでとう、オバァ」

「よろしく、オバァ」

「オリャッ！　よろしく」

「オリャッ！　楽しいさー」

パーントゥ達はオバァを歓迎《かんげい》している。

「オバァをよろしくお願いします」

僕は思わず言っていた。

✿

砂川家の石垣の門は葬儀《そうぎ》の花輪で埋めつくされた。

台所では炊き出しも始まっている。ごはんが炊けた時のいいにおいが庭の方まで流れてきた。

「ニーニー、ハラへったよ」

康太が、草むしりの手を止めて訴える。そういえば朝ごはんも昼ごはんも食べていない。

御嶽から帰って庭でウロウロしていたら、草むしりを言い付けられてしまったのだ。

「ニーニー、オバァの部屋に饅頭《まんじゅう》があるよー。今はかあさん一人だけしかいないさー」

康太はオバァの部屋を覗《のぞ》いてよだれをたらしている。僕も同じように縁側《えんがわ》に膝《ひざ》をついて覗き込む。

「よし、康太。手を洗ってオバァのところに行こう」

オバァの部屋では、かあさんが真剣《しんけん》な顔をしていた。

「かあさん、オバァに何しているの？」

「お化粧《けしょう》さー。みーんなに見られるからね。アパラギーアパラギにしておかんとねー、オバァに怒られるさー」

かあさんはそう言いながら、せっせと手を動かした。

「かあさん、この饅頭食べていいねー？」と、康太。

「いいよー、食べなさい。どう？　オバァはアパラギになったねー」

「うん、オバァはおいしいよね、ニーニー」

「バカ康太。かあさん、オバァはすっごくアパラギ」

僕も饅頭を食べ食べ言った。

「なんねー、あんた達は。変な子さー」

あれ、かあさんが泣いている。

「私達が宮古島を出て行かなければ、オバァはもっと長生きしたはずさー。ごめんね、オバァ」

口紅をつける手が震《ふる》えていた。

「かあさん、心配ないよー。オバァはパーントゥになっ……いてっ！」

僕は康太の横腹《よこばら》に肘鉄《ひじてつ》をした。

「えっ！　何って？」

と、かあさん。

「ううん、何でもない。な、康太」

「そうそう何でもない何でもない。かあさん台所でチィバァが呼んでるみたいだよー」

「あら、ほんとだ。オバァとゆっくりしたいのに……ハイハイ今行くさー」

かあさんはエプロンで涙をふいて、小さなポーチに口紅をしまった。そして、ヨイショと言いながら立ち上がり、部屋を出て行った。

「バカ康太！　オバァがパーントゥになったことは言ったらダメさー。わからんか？」

〝ガツン〟　康太にゲンコツをくらわせた。

「わかったよー。もう、痛いさー」いつもだと殴《なぐ》り返してくるのに、今日はおとなしい。

と、その時。

「健太ー、康太ー。どうねーこの口紅。少し地味じゃないかねー」

「……オバァ！」僕と康太は同時に叫んだ。「しっ」息もピッタリ、二人とも人さし指を口にあて、小さい声で言った。

「十分派手さー」

僕は、誰かが部屋に入ってこないか心配で、キョロキョロしていた。

それなのにオバァは、手鏡《てかがみ》片手に化粧のチェック。

「あんた達のかあさんはセンスがないねー。もう少しおしゃれをしないと、おとうさんに捨てられるよー」

オバァったら、何言ってんだろう。

「そういえばオバァはさー、キビ倒しに行くのに、赤いスカーフを巻いてたね。かっこ良かったよー」

「ウッフッフッフ。サンキュウねー、康太」

よく言うよ、康太のやつ。

オバァは蒲団《ふとん》の上でチョコンと座った。

「恵子さんは、島を離れて名古屋に行ったことを気にしているみたいだけど、オバァは何も気にしていない。帰ってきてくれたから百一才までも、生きられたさー。かわいそうなのは、ひとりだけ島に残された千秋だよー。毎日、泣いていたさー。

親兄弟は、どんなことがあっても離れてはダメ。いやでもいつかは離れていくんだからね」

オバァは静かに、でも力を込めて語った。

「ネーネー泣いていたの？　僕、悪いことしちゃったなー」

康太がしょんぼりと言った。

「オバァ、僕も自分のことばっかり考えていたよ」

僕たちは鼻水をすすったり、涙をぬぐったりしていた。心の中で、ネーネーごめんなさいと謝りながら。

「まーわかればいいさー。泣かんでいいよー。健太、康太」

オバァは、元のやさしいオバァになって、僕たちの頭を代わる代わる撫でてくれる。

康太はますます泣きじゃくり、そのうちコックリコックリ寝てしまった。

オバァは押入れからタオルケットを出し、康太にかけてやった。

そうして、「オバァも少し寝ようねー」と、胸で手を組み、時が止まったときの姿で横になっている。

僕は穏やかに眠るオバァの顔を、そっと触ってみた。

冷たかった。

ことの始まりは二年前。

とうさんとオジィの親子《おやこ》喧嘩《げんか》だった。

「おとう、そろそろマンゴーをやらんねー。今時サトウキビだけではやっていけんさー」

「うちは村一番のサトウキビ畑さー。やっていける」

「あれ！　農協から前借りしないと米も買えないのによー。おとうのやり方は、もう古いさー。時代遅れ」

「どこが古いか？　どこが時代遅れねー」

「おとうのやること全部さー」

「それなら一郎、おまえ一人で何ができる？　何か一つでもやってから大きなことは言いなさい」

　この喧嘩の一ヶ月後、僕たちは、高校生のネーネーを残して、家を出ていったんだ。

ほんとのことを言うと、僕は〝ヤッター〟とガッツポーズをして喜んでいた。康太もだ。電車に乗ってみたかったし、カレンダーでしか知らない雪景色に憧れていたからだ。

その時、僕の頭には、ネーネーのことを思いやるひとかけらのやさしさもなかった。

その日の宮古空港は春休みとあって混み合っていた。名古屋への直行便はない。那覇までは約五十分かかり、那覇から名古屋までは二時間かかった。

「ヤッター、今日から、ヤマトンチュー(内地の人)」

康太は空港でもはしゃぎっぱなし。

空港にはとうさんが勤める会社の社長さんと、宮古島出身のとうさんの友達が迎えに来ていた。その人は、宮古顔をしていた。

「社宅には、宮古の人がたくさんいますよ。心配しないで！」

宮古顔のおじさんが言った。叔父さんは慣れた手つきでハンドルを握り、社宅のある緑区《みどりく》まで送ってくれた。

途中、名古屋城を指差して教えてくれたが、感激《かんげき》しなかった。それより、車の多さとビルの高さに驚き、クラクラしていたのだ。

社宅周辺にはクラクラするようなビルはない。代わりに小高い丘や緑が密集した所があちこちに見えた。

ヤマトンチューになって十二日目。満開《まんかい》の桜があおぞらに映える日だった。僕は緑山中学に入学した。悲劇は、その日に起こった。一年C組になった僕は、あのいやな儀式、自己紹介の順番を待っていた。そして、きた！　僕の番。

「あのォー、僕はさァー……」と言ったところで、一年C組は大爆笑《だいばくしょう》。後のことは覚えていない。

悔しい。島のなまりを笑われたのだ。予想外の屈辱《くつじょく》。

僕はそれっきり、学校で声を発することはなかった。ひたすら宮古島に帰ることを考えて過ごしていたと思う。電車も、雪景色も色あせていた。とうさんとかあさんと康太はうまくいっているらしく、毎日元気だ。僕はいったいどうなっちゃうんだよー。

どうにもならず一年が過ぎようとしていたその日、来たのだ。電報が。

「オバアガボケタ　スグカエレ」

✿

「私達、ちょっとカッコ悪くて道もあるけんねー、とうさん」と、かあさん。

「そうだねー、だいぶカッコ悪いかもしれん。ごめんねー、かあさん。健太も康太も行ったり来たりさせてすまなかった」とうさんは、平謝りだ。

「何言ってるー、とうさん。僕は、春ちゃんにカッコイイッて言われたから心配ないよー」と、康太。

「誰ねー、春ちゃんって」と、僕が聞くと、

「三年三組の女の子。僕、告白されたんだも〜ん。春ちゃんに手紙書こうかなー。イッヒッヒッヒッ」

「バカ康太！」

「あー、かあさん。ニーニーがまたバカって言った。バカって言った方がバカなんだよね」

「もォー、あんた達は。歩きながら喧嘩しないさー。タクシーに乗せんよー」

宮古空港に着いた四人は、なんだかテンションが上がっていた。

「運転手さん、上野村役場《うえのそんやくば》までお願いしようねー」

とうさんの声もいつもより弾んでいる。

役場で手続きも済ませた。さぁ、ブーゲンビリヤの門をくぐり、懐かしい我が家へ。

「オバァー、ただいま！」

いた。オバァだ。いつものオバァの指定席にちょこんと座っている。僕は嬉しくて、もう一度大きな声で言った。

「オバァ、帰ってきたよー」

縁側のオバァは糸つむぎの手を休めようとしない。目も耳も良いはずなのに？

「オバァ！　ただいま。康太だよ」

オバァはやっと気付いてくれた。

「ハー、あんたさんは、どこのうちの子どもですか？」

えっ！　どうしちゃった？　マジかよー！

「オバァ！　大丈夫ねー？」

康太の代わりに僕が聞いた。とうさんもかあさんも先にオバァに挨拶《あいさつ》するため、縁側のある方へと歩いて来た。

「とうさん、かあさん。大変だよ、オバァが僕のこと忘れてるみたい」康太は半泣きだ。

「オバァ、長いこと留守にしてごめんねー」

かあさんがオバァの手を取った。

「オバァ、一郎さー。わかる？　オバァの孫だよ！」

とうさんは必死に訴える。

「私はおなかがすいた。朝から何も食べていないよー。かあちゃんが何も食べさせてくれないのに」

ああ、オバァがぼけている！　僕たち家出組は、たぶん口を開けたまま立っていたと思う。

✿

不可解《ふかかい》なオバァの言動《げんどう》にショックを受け、僕たちは重い気持ちのまま夜を迎えた。

二間続きのオバァの部屋は宴会場《えんかいじょう》に早変わりしている。親戚《しんせき》や近所の人たちも料理や泡盛《あわもり》を持って集まって来た。今日の宴会の主役は、もちろん僕たち家出組。

家出したのに怒られるどころか、宴会までやっちゃうなんて……いいところだなー宮古島は。

そうだ！　宴会では挨拶がつきもの。とうさんはちゃんとできるだろうか。ああ、ドキドキしてきた。

「この度は、あー、お忙しい中、あー、ご近所の皆様や親戚の皆様に集まっていただき、誠にありがとうございます。

私は、えー、一年間という短い間でしたがヤマトに行きまして、えー、人生勉強をしてまいりました。そうして、えー、私はわかりました。私には宮古島が一番。私には農業しかありません。これからは地に足をつけ、しっかり働きます。

ご近所の皆様、親戚の皆様、兄弟、おとう、かあちゃん、そしてオバァ。これからもよろしく、お願いいたします」

大きな拍手が起きた。とうさんにしては上出来だ。良かった。かあさんも立って、とうさんと二人で頭を下げている。

「千秋、健太、康太。立って挨拶しなさい」とオジィに言われて僕たちは、ちょっと前に打ち合わせたとおり「よろしくお願いします」と、声を揃えた。そしたら、さっきよりも一段と大きい拍手をもらった。オジィは僕たちを席に戻した。どうやら次は、オジィの番らしい。

「皆様方、本日はお集まりいただき、誠にありがとうございます。

さて、青年だとばかり思っていた一郎ですが、やっと大人になったようです。

ヤマトに行って、いろいろ苦労したんでしょう。やっぱり、かわいい子には旅をさせないと大きくならんのです。一郎は、やっと本腰《ほんごし》を入れて農業をやるようです。私も決めました。サトウキビだけではなく、マンゴーも作ります。まだまだ若い者には負けません。こうなったら世界一おいしいマンゴーを作ってみせます。皆様、応援《おうえん》してください。お願いいたします。

さーさー、今夜は楽しくやりましょうねー。飲んで食べて踊りましょう。

ハイハイ、お酒を注いで。いいねー、それではー、カンパーイ！」

なんだか誰かの結婚式みたい。と僕は思った。宮古の人はなんだかんだと言っては集まり、こんな風に宴会を開く。集まって遊ぶことが昔々から好きな民族らしい。

それにしてもすごいごちそうだ。家々の自慢料理がズラリ。

サタテンプラ（島のドーナツ）、ソーキ汁（骨付き豚肉）、グルクン（沖縄の県魚。和名はタカサゴ）の姿揚げ、ボイルしたヤシガニとガサミ（島でとれるカニ）、カツオの刺身にはニンニクのみじん切りがかけてある。

他に海ぶどうやモズクの酢の物。絶対に欠かせないゴーヤーチャンプルーは、島豆腐とポーク入り。ううっ、おいしそう！　何から食べよっかなー。僕は皿と箸を持って目をウロウロさせていた。次の瞬間、僕は固まっていた。

「ウワーッ！　オバァ」

声を上げたのは康太だ。オバァが、ゴーヤーチャンプルーを、手づかみで食べている！　しかも両手だよ〜。

「オバァ、ホラお箸だよ」あわててオバァの席へ行き、お箸を持たせた。

「ハイ、オジィ」

ハァー、何言ってるの、オバァは？

「オバァ！　僕は健太。オジィじゃないよ」

「ハイ、オジィ」

マジかよー、オバァ。冗談きついよー。

「健太、気にしない気にしない。ネッ」

ネーネーが明るい声で言った。なんか変？　不自然だぞ、ネーネー。

「でもさー、ネーネー。やっぱりオバァはボケてるよ。一年前と違うもん、僕、悲しいよ。僕とオジィの区別もつかないなんてさ、そうとうひどいよ」

話しているうちに、涙が出てきた。

「あー、健太は女みたいさー。しっかりせんねー。気にしなくていいと言ってるでしょ」

どうなってるの？　オバァの心配をしているのに怒られちゃったよ。

「もー、わかったよ。気にしないよ」

僕は、しかたなくそう言っておいた。だって、ネーネーったら、かあさんそっくりなんだもん。逆らったら説教《せっきょう》が延びるに決まっている。

僕の心配をよそに、宴《うたげ》はどんどんと盛り上がっていく。

オジィが三線を弾き出した。食べる人、飲む人、しゃべる人、歌う人。主役そっちのけで楽しむのが宮古流。これでは知らない人が紛《まぎ》れ込んでもわからない。もうすぐ誰かが踊り出す。

「さぁーみなさーん！　おどりましょうねー」

オジィが始まりの合図に、※クイチャーを弾いた。

〝ああっ〟　僕はびっくりした。なんと、オバァが一番に踊り出すではないか。

でも、アレ！　オバァは普通だよ。どうなってるの？　僕は首をかしげてオバァを見ていた。

「どうねー健太。オバァはちゃんとしているでしょ、心配ないさー」

ネーネーが得意気《とくいげ》に言った。

「そうだね」と、言ったものの……なんか、やっぱり変。

そんなことをこそこそ話していると、康太が割り込んできた。

※（クイチャー　宮古の豊年祭り・雨乞いの歌踊り）

※（エイサー　先祖供養の念仏踊り。沖縄ではもともとお盆に踊られる）

「ネーネー、ニーニー。三人で※エイサーをやれって。とうさんが言ってるよ」
これはもう命令のようなもの。
「よーし、やるか」
ちゃんとエイサー用の衣装《いしょう》で踊るのが砂川家の決まり。これを楽しみに集まって来る近所の人さえいる。オジィ流に言えば「宮古一」なのだ。
エイサーの師匠《ししょう》は、もちろん僕んちのオジィ。小学校や中学校にも教えに行っている。こっちに力が入り過ぎて、時々チィバァにしかられている。
本日の舞台は、お庭。ライトアップ、オッケーイ。
先頭はネーネー。大きな太鼓をおなかで支えて、掛け声も勇ましく登場。
♪ヒーヤァサッサァ　ドン　ドン
ヒーヤァサッサァ　ドン　ドン
ネーネーの後から僕、僕の後から康太が、※パーランクーで踊りながら登場する。
ヒーヤァサッサァ　トン　トン
ヒーヤァサッサァ　トン　トン
康太は小学生というだけで受けがいい。ネーネーは女子高生というだけで受けがいい。どうみても、中学生の僕は三番目。アルファベットで言えばCランク。
僕の十三年は、ほとんどがこんな感じ。それでもいじけずに生きてこれた。

※（パーランクー　タンバリンくらいの大きさの片面小太鼓）

それはたぶん、ここが宮古島だから。僕はこの島が大好きだ。青い海と白い砂浜。オレンジ色の空と海が一つになった時の絶景《ぜっけい》。降るような星たち。島の象徴サトウキビ畑。登りやすいガジュマルの木。取って食べてもしかられないバンチキロー（グァバ）、シークヮーサー（ヒラミレモン）、島バナナ。親戚のケチなオジィにさえ見つからなかったら最高だ。好きなものを並べたらきりがない。

僕は絶対に、この大好きな島から離れないぞ！

確か、僕は名古屋に行く前もそう思っていたはずなのに……。

✿

宮古島にUターンして二日目。

その日の朝、僕と康太は久しぶりに二段ベッドで目覚めた。いつの間に片付けたのだろう、昨夜の宴会場はオバァの部屋に戻っている。

二つのテーブルはくっつけられ、八人が座れるようになっていた。

何事もなかったように、オバァとオジィとチィバァがお茶を飲んでいる。とうさんは新聞を読んでいる。みーんな一年前と同じ。僕はものすごくしあわせな気分になっていた。

「やっぱり我が家はいいねー。最高さー」口がすべった。

「なんねー、サラリーマンみたいなことを言ってからに。そんなことは、自分の家を持ってからいいなさい」味噌汁を運んできたかあさんにピシャリと言われた。

「いいさー、ねぇオバァ」

オバァと目があったのでそう言ってみた。オバァはニコッと笑ってウィンクをしている。

僕もあわてて片目をつむった。つもりが両目ともつむってしまった。

「何してるの健太！　大丈夫ねー」

ネーネーに見つかった。

「ハイハイ、みんな座って。朝ごはんにしようねー」

かあさんのこの号令も久しぶり。

「いただきまーす」

「おかわり！」

「おかわり！」

「おかわり！」

「もう少しゆっくり食べんか？　かあさん食べる暇ないさー」

でも、かあさんも嬉しそう。

「おかわり」オバァが、三杯目のおかわりをした。

「オバァ、もうやめておこうねー。おなかが痛くなるよー」チィバァが、ストップをかける。

「私はおなかが空いた。まだ何も食べてない。私を殺す気か。このバカタレ」

うわっー！　まただよ。

「かあちゃん、いいかげんにせんねー」オジィが怒った。

「ウアーン。こわいよー、こわいよー。かあちゃーん」

オバァは、甘えるようにチィバァに抱きついてきた。

「恐い人じゃないさー、オバァの息子の恵勇さー」チィバァが意外と冷たく言い放った。

するとオバァも、「そうねー、私の息子ねー。あんまりいい顔じゃないね」

これには、オジィもカチンときたみたいだ。

「よく言うさー、やっぱりフラー（バカ）になっているさー、かあちゃんは」

いくら大きくなっても、親子喧嘩するんだ。なんだか険悪《けんあく》ムード。

「ネーネー、やっぱりオバァはボケてるよ」僕は小声で言った。

するとネーネーは、とびっきりでかい声で
「だから、心配ないって！　少しフラーになっているだけさー」

「千秋！　オバァのことフラーとはなんねー。歳をとれば、誰でもなるさー。あれっ？　私まで……オバァ、失礼しました」かあさんまで変になっている。

ネーネーはかあさんにしかられたのに、なんかニタニタして、Ｖサインをした。Ｖサインを誰に？　……ああっ！　オバァもＶサインをしている。この二人、なんか怪しい。

✿

一騒動《そうどう》あったけど、やっぱり全員そろっての朝ごはんは、最高。

そろそろオジィの朝の訓示が始まる。今や長老の域に達する砂川家のオジィは、けっこうな頑固者《がんこもの》。そんなオジィのお嫁さん、チィバァは相当苦労したらしい。

「ハイ！　砂川家の皆さん。今日からはまた八人で仲良く暮らしましょうねー。今からオジィがみーんなの仕事を言うから、ちゃんとやりなさい。

子ども達も春休みだから家の手伝いをすること。まず、康太。鶏《にわとり》に餌をあげる。それから健太と二人でヤギの草を取ってきなさい。東の畑に行けばグラジオラスがいっぱいあるから、それをぬいてきたらいいよ。健太はそのグラジオラスをできるだけ沢山ぬきなさいねー、あれがあると来年のキビが育たんさー。頼むねー、健太。

次に、一郎と恵子さんは友利さんのキビ倒し（サトウキビ刈り）に行くように。今日が今年最後のキビ倒しだから、がんばって働いていらっしゃい。

オバァとチィバァと千秋は、おにぎりを作ること。友利さんの畑に持って行くから、二つの釜で炊いても足りないよー。それが済んだら、ソーキ汁を作っておきなさいねー。友利さん夫婦も呼ぶから、沢山作りなさい。では、気をつけてやるように」

あいかわらずオジィの訓辞は長かったけど、やっと終わった。

「ちょっと待った！　オジィの仕事は？」

さすが、チィバァ。

「あー、そうね。オジィは何をしよう。あ、ほら、オジィはおいしい豚味噌《ぶたみそ》を作るさー」

オジィも変。僕んちは変な人の集まりかー。

とにかく皆、言いつけられた仕事をするために動き出していた。

一時間後、康太と二人で山ほどグラジオラスを取って来た。ヤギ達にたっぷりと与え、残りはリヤカーに積んだまま物置《ものおき》にしまった。

「ニーニー、宮古はいつも夏だね」

康太が汗を光らせている。

「そうだな、名古屋はまだジャンバーがいるぞ。寒かったもんな」

「ニーニー、僕…もう名古屋に行かない。友達できなかったもん。おもしろくなかったさー」

「そうか。ニーニーもだよ。寒いのは苦手さー。暑いのが一番いいよなー」

「そうだそうだ。暑い方がいい。イッヒッヒッヒ。なーニーニー」

僕は小さな胸を痛めていた弟をいじらしく思った。自分のことでいっぱいだったことが恥ずかしい。

「ハイ、健太と康太、ごくろう様。今日は暑いねー」

オジィが縁側から声をかけた。

「オジィ、お酒を飲んでるねー。チィバァに怒られるよー」

「健太、オジィは二日酔《ふつかよ》いを治すために飲んでいるわけさー。これを迎《むか》え酒といいます。ワッハッハッハ、健太・康太、二人合わせて健康体《けんこうたい》、いい名前さー。オジィがつけたからねー」

けっこう酔っている。

「康太、三線を持ってきなさい」

康太は指名されて三線を持ってきた。

「オジィ大丈夫ねー。チィバァは怒ると恐いよー」

康太も心配しているのに、もう歌い出している。

♪わたしが〜あなたに〜ほれたのは〜

♪ちょうど〜十九の〜春で〜えした〜

「始まったねー、オジィの十八番。飲み過ぎたらダメよー」

ネーネーだ。

「ちーちゃーん、踊らんねー。ちーちゃんの踊りは宮古一さー」

「いやだよ。オバァに踊ってもらったらいいさー」

ネーネーは二階に消えた。代わりにオバァがポワッと現れ、

「誰かオバァを呼んだねー。ああ、踊りねー。踊りならオバァも宮古一だよー。踊ってみせようねー」と、言っている。オバァは本気だ。

「あ、いや、そのー。そうだ！　豚味噌を作るんだった。忘れるところだった。大変大変。オバァ、また後でねー」オジィはうまく逃げた。

「変な子さー、死んだオジィに似ているねー。大酒飲みで頑固者《がんこもの》で、そっくりさー」

オジィは豚味噌作りに入っていた。オジィの豚味噌はうまい。ほんとに宮古一かも知れない。オジィの口癖《くちぐせ》は、「お米と豚味噌さえあれば生きていける」で、ある。でも、オジィの場合は「泡盛と豚味噌」だと思うけど。

そのおいしいオジィの豚味噌ができ上がった。ごはんも炊き上がった。

オバァとチィバァとネーネーが、次々とおにぎりを作っていく。おもしろそうなので、僕もにぎってみた。でも思ったよりも難しくて、うまくできない。やっぱり一番上手は、チィバァみたいだ。

こうして豚味噌入りのおにぎりが五十五個できた。

オジィは、「すぐそこだから歩いて行って来ようねー」と言いながら、オバァの乳母車《うばぐるま》に、おにぎりとさんぴん茶と昨夜の残りのサタテンプラを乗せている。

「オジィも手伝って来なさいよー」

「えっ！　お昼を届けるだけじゃないの？」

「家にいても酒飲んでるだけさー。少しは働かんか。まったくもォ。飲み出すと三日は働かんさー、このオジィはよー」

「何言ってるか、おいしい豚味噌は誰が作ったたねー」

「わかった、わかった。早く持って行かんねー。みーんなが待っているのに」

「ハイハイ、今行くところさー。まったくおまえはうるさいよー」

チィバァの小言に見送られて、オジィは友利さんのサトウキビ畑へ行った。

「健太、康太、おなか空いたでしょ。お昼にしようねー」

チィバァが、大皿に並べられたおにぎりを運んで来た。

僕と康太はゲームをしている。すぐには終わらない。オバァが、さっきから僕たちのゲームをずっと覗《のぞ》いているけど、興味があるのかなー？　するとチィバァが不思議そうに聞いてきた。

「オバァはそんなの見てわかるねー？」

「わかるさー。オバァの頭は若いからねー」

「頭が古くてすいません」

「まーいいさー。おにぎりが上手だから」

「もー、オバァはー。かなわんよ」

「ハイ、今日もオバァの勝ち」オバァは涼しい顔をして、勝利《しょうり》の旗を上げる。

「いつの間に正気になったかね？」チィバァは、まだブツブツ言っている。

「何か言ったねー？　ミチさん」

「カマドオバァは、アパラギーアパラギ」とチィバァは大声で言った。

「いつ聞いても嬉しいさー。♪ヒャサッサ、ヒャサッサ」

オバァは座ったまま手だけで踊った。ちょっとした喜びの表現らしい。

「この形の悪いのが、健太のおにぎり」ネーネーが、おもしろがって説明する。

「いいさァ、自分で食べるのに」

僕は一口パクッとやると、手の中のおにぎりはバラバラに崩《くず》れた。

「ニーニー、ヘタクソ」

「バカ！　食事中にクソって言うな」

「ニーニーもクソって言った」

「バカ康太」

「イーダ」

みんな知らん顔。誰か止めろー！

「はいオバァ。これは、おにぎり名人がにぎったから、おいしいよー」

チィバァがオバァに取ってあげると、オバァはおにぎりを見つめている。

「豚味噌食べて太らんかねー。カロリーが高そうさー」

百才のオバァの言葉とは思えない。

「アキサミヨーナー(呆れた)。千秋じゃあるまいし。今からダイエットでもするの?」

チィバァが笑う。

「オバァ、大丈夫よー。豚味噌は食べても太らんさー。それに、オバァはダイエットしなくてもいいのに。ベスト体重だよ」ニコニコしながら、ネーネーが言った。

「健康で死ぬまでおしゃれでいたいさー、オバァは」

「オバァ、いっぱいおしゃれして、名古屋の金さん銀さんより長生きしてね」

康太はすかさずいいことを言う。いつもそうだ。

「いっぱいおしゃれしてもボケてしまったらなんにもならんさー、オバァ!」

チィバァが、意地悪を言う。

「またかあちゃんが苛《いじ》める。ウエーン」

なんか芝居がかっているな、と思ったら、ネーネーがオバァの上着を引っぱっていた。

「もういいよオバァ。ボケた真似は、もうしなくていいよー。チィバァは気がついているみたいさー」と、ネーネー。

えっ、一体それって、どういうこと？

「知っていたよ。ありがとうねー。オバァがボケた振りしたから、おかげでこうしてまた健太と康太と暮らせる。オジィもマンゴーを始める気になったし。嬉しいことだらけさー」

チィバァは、本当に嬉しそうだ。

「なんねー。知っていたなら早く言わんか。ほんとにボケてしまったらどうするねー」

いつものオバァだ。

「良かったー。僕、オバァが病気になったと思って悲しかったよ。お芝居してたの？　どうして？」またまた康太だ。

「それはね、康太にあいたかったから。やっぱりみーんなで暮らした方が楽しいさーねー」

オバァは、神様みたいにやさしい顔をしていた。

ふと皆の顔を見ると、みんなが同じ顔をしていた。

✿

オバァのお昼寝の時間になった。健康と美容のためと言って習慣《しゅうかん》にしている。

僕はオバァの部屋に寝ござを敷いた。

「健太、ありがとう！　健太はいつもやさしいねー」

久しぶりに誉められて僕は照れた。もう一度押し入れを開けて、タオルケットを出し、オバァにかける。心はルンルンだった。

「健太、ほんとによく帰ってきてくれた。オバァは嬉しいさー」

オバァが頭を撫《な》でてくれた。思いがけないことだった。すぐに涙が出て、畳に落ちる。

「オバァ……僕、僕、僕はさー、……オバァ……」

「健太、何も言わんでもいいさー。オバァはわかっているから。少しぐらいのんびりしている方が、ゆっくり物が見えるさー。だから健太は絵が上手にかける。

うまくしゃべらんでもいいさー。健太は聞き上手だからねー。なかなかいないよー、そういう人は。健太はなかなかあえない貴重《きちょう》な人間というわけさー」

僕の涙は畳をぬらして広がっていった。

「オバァ、オバァ、オバァ、大好きだ」

✿ ✿

「あれっ！　オバァがいない？　康太も消えた」

僕のおなかから下の辺りにはタオルケットがからみついている。

そうか、僕は寝ちゃったんだ。夢の中で一年前のことを見ていたような気がするなぁ。

タオルケットを押し入れにしまい、居間を覗《のぞ》くと、そこはもう、別の世界になっていた。

か、か、棺桶《かんおけ》がある。そこにオバァが入っているの？　恐ろしいー。

空にバナナの月が浮かぶ頃、オバァのお通夜《つや》が始まった。普通はしめやかに行われるものらしいけど……宮古島は、ちょっと変わっている。焼香《しょうこう》をすませてそのまま帰る人はいない。

天寿《てんじゅ》を全《まっと》うしたオバァのために、宴が用意されているんだ。

「むこうの部屋でお祝いしてくださいねー、オバァも喜ぶから」

砂川家の大人達は焼香に訪れた人々に声をかけて、宴会場に誘導《ゆうどう》している。

ネーネーはもちろんのこと、僕も康太も接待《せったい》に駆《か》り出されて大忙しだ。

「康太、今座ったおじさんのところにコップを持って行ってちょうだいねー」

てきぱきと指示をするネーネー。

「ハイ、コップ、コップ」

よく分かってないだろうに、健気にがんばる康太。

「健太ー、物置にさんぴん茶のペットボトルがあるから、二本持ってきてちょうだいねー」

ネーネーの声が飛ぶ。

「オッケーさぁ、ネーネー」

みんな、大好きなオバァのために何かしたかったし動いていたかったのだ。不思議と、悲しいとも恐いとも感じなくなっている。

お通夜は賑やかに執《と》り行《おこな》われた。いよいよ明日はお葬式。

✿

朝から暑い。初夏のようだ。もう大勢の人が、砂川家の庭を埋めつくしている。

オバァはきっと怒っている。

「なんねー、この葬式は陰気臭いさー」なんて言って。

僕には葬式のことはわからないけど、葬儀屋《そうぎや》さんの言うとおりに進めていったんだと思う。

僕たち兄弟は火葬場《かそうば》へは行かず、家で見送った。微妙《びみょう》な年齢の康太を気遣《きづか》って、三人とも残ることにした。ネーネーは黙って後片付けを始めた。泣いているかも知れない。

「康太、ゲームでもしようか？」

「うん、僕、持って来る」

僕たちは、オバァの指定席で、ポチポチとやっていた。こうしているとオバァは必ず覗きにきたのに。やっぱりオバァは死んでしまったんだ。

「ニーニー、オバァはパーントゥになったんだよねー？」

「ああ、なったよ。パーントゥ達が住んでいる御嶽にも行ったさー」

「でも、オバァは死んだんだよねー」

「ああ、死んださー」

「なんかわからんけど、もうこの家にはいないんだよね。これからはずっと」

「ああ、この家にはいない。オバァはパーントゥになって南の御嶽に住むことになった」

「オバァはいつもここに座って糸をつむいでいたね。道を通る人を見るのが趣味だって言ってたよ」

「おかえりー！　って一番に言ってくれるのもオバァだった」

僕と康太は、オバァのいない風景は想像しにくかった。

夕方、オバァが小さな白い箱に入って帰って来る。康太にどう話せばいいんだろう。

その時が来た。オジィに抱かれた白い箱を見た瞬間、僕の体は海月《くらげ》か蛸《たこ》か空気の抜けたボールか、とにかく動けない。頭の中が真白で言葉も出ない。康太どころの話じゃない。

ところが、

康太はまだ人の死をわかっていない。

康太が平然とした顔で言ったのだ。僕は胸をなでおろしていた。

「オバァ、小さくなったねー」


僕たちは、友利のおばさんが作ってくれたおにぎりと味噌汁で夜ごはんをすませた。

みんな黙っている。

「オバァは眠ったまま天国へ行ったねー」

チィバァがしんみりとつぶやいた。

「穏《おだ》やかな顔だった」

「俺らが家出したから寿命《じゅみょう》が縮んだ。クソッ、俺のバカヤロー」

とうさんがテーブルを叩きながら、今にも泣きそうに言った。

「わからんさー、人の命は。家出したから一年延びたかも知れんし」

オジィもしずかに口を開く。

その時、すごみのあるネーネーの声を、みんなは聞いたんだ。

「オバァはねー…私のために…ボケた真似までしてくれたさー！　とうさんとかあさんは勝手すぎるよ！　オバァはどうしたらみんなを名古屋から呼び戻せるか、いつも考えてくれたのに……ウッ、ウッ、グスン」

僕は、顔を上げることができない。

「千秋、ごめんなさい。かあさんを許して。千秋は高校生だから転校がむつかしいと勝手に思ってしまって…」

そうだったのか。

「いや、とうさんが悪い。とうさんが決めたことだったから。かあさんが悪いんじゃないんだ千秋。落ち着いたら呼ぶつもりだった。千秋一人だけに寂《さび》しい思いをさせて、ほんとにすまなかった」

とうさんとかあさんは膝《ひざ》をついて座り直しうなだれている。

「ウアーン、アーン、アーン。とうさんのバカ、かあさんのバカ、私はオバァがいなければ宮古一のヤンキーになっていたさー」

「千秋！」

かあさんは座ったまま、ネーネーの側に行き、膝を立てて抱き寄せた。

「ネーネー、この次家出する時はいっしょに行こうね！」

康太が言った、こういう場面では康太に感謝。僕も便乗《びんじょう》する。

「バカ康太、家出って言うな！それに、もうしないよ、家出なんて」

「ほら、ニーニーも家出って言った」

ネーネーは笑っている。

「あっ！　ほんとだ。しまった」

僕はおちょけた振りをして、ネーネーを見た。ネーネーは笑っている。

（ネーネー、ごめんなさい）

僕は心の中でつぶやいた。

「オバァは、みーんなに幸せをくれたさー。また、オバァもみんながいたから、幸せだったはずだよー。オバァは思い残すことはないはずだよー」

オジィがグスングスンしながら、語るように話す。チィバァも、

「そうだねー。私は喧嘩相手がいなくなってボケそうさー。いろんなことがあったけど、やっぱり私もオバァのように生きて行きたいねー」

語りながら泣き笑いをしている。

「オバァは道に迷わないで、天国に行ったかなー？」

ネーネーは膝を抱いたまま天井を見つめた。

僕はネーネーに教えてあげたい。オバァは天国の神にはならないよ。オバァは、おちゃめでいたずら好きのパーントゥになるんだよ、と。

そんなことを思いながら、なに気なく庭に目をやると、誰かいる。ガジュマルの木の下に。

「ああっ！　オバァ」僕は大声をあげた。

「どこ、どこ、ニーニー」

「オバァねー、ほんとに？」

と、とうさん。

「見えんよー」

と、かあさん。

「オバァー、幽霊になったねー？」

「さすがオバァさー、やることが早い」

オジィもチィバァも立ち上がって、縁側に行く。

みんながそこに集まった。

「健太、オバァは何処ねー。早く教えんねー」

ネーネーに怒鳴られて、僕はゆっくりと指差した。

「ガジュマルの木の下」

砂川家は、記念撮影《きねんさつえい》でもするように肩を寄せ合った。

そして十四の瞳はガジュマルの木の下を見つめていた。

「ネーネー、康太、オバァが見えるか？」

と、僕が叫ぶと、

「ニーニー見えるよー。いるよ、いるよ、オバァだよ」

大喜びの康太。

「健太、オバァはパーントゥになったんだね。良かった。私も好きさー、パーントゥが」

ネーネーが穏《おだ》やかな声で言った。

「そうか、オバァはパーントゥになったか。それじゃー大人には見えんさー。オジィも子どもの頃はパーントゥを見たよー」

「私も見たよー。男のパーントゥは毛がボーボーで、女のパーントゥは、白い着物を着て角かくしをかぶっているさー。一郎も小さい時、よく見たと言ってたさー」

「ああ、見た見た。南の御嶽で見たよ。かあさんはどうねー?」

「私はあんまりものを信じる方じゃないから、あ、でも一回だけ白い物を見たような……?あれは幽霊だったかも知れないけど」

かあさんらしい。その時、僕はオバァが言っていたことを思い出した。

「とうさん、かあさん、オジィ、チィバァ、子どものときの心を思い出して! パーントゥがいると信じて! そうすると見えるんだって、オバァに会えるんだよ」

いつもの健太じゃない僕を見て、みんなはびっくりしている。せっかく必死で叫んだのに。

「見えんよー、健太。やっぱり、もう見えんさー」

とうさんが悲しそうに訴えた。かあさんもオジィもチィバァも首を横にふっている。

「あー。ダメか!」

僕もガックリときた。

「いいさーいいさー。とうさん達も子どものときは見えたんだから。パーントゥを見るのは子どもの特権《とっけん》さー」

「そうさー。よく生きた者の特権は、死んでもなりたいものになれることさー。神様にだって、仏様にだって、パーントゥにだってなれるさー。わかるねー子ども達」

オジィが言った。

「わかるさー、オジィ。僕はよく生きてから、男のパーントゥになるつもりだもん」

「エーッ！」

全員で康太の方を見る。そして笑った。

アッハッハッハ

ウッフッフッフ

イッヒッヒッヒ

僕は、（康太がいなくなればいい）と時々思ったけど、撤回《てっかい》する。康太はいいやつだ。

こうなったら、僕も良く生きて兄弟でパーントゥだー！

毛むくじゃらのお互いを見て笑って暮らすんだ。

「そうだ！　よーし」

「何？　どうしたのネーネー」

「健太、康太、エイサーをやろう。オバァの大好きなエイサーをやろう」
「いいね。やろうネーネー」
「うん。やるやる。いっぱい踊る」
「じゃ、急いで着替えて。オバァー！　エイサーやるから待っていてねー。すぐだから」
急いで衣装に着替えた。砂川家の大人達も、縁側に座り三人のエイサー隊を待っている。

♪ヒーヤーサッサァ　ドン　ドン
ヒーヤーサッサァ　ドン　ドン

ネーネーが踊る。

♪ハイッ　ハイッ　トン　トン
ハイッ　ハイッ　トン　トン

康太が踊る。

♪スィ　スィ　スィ　ヒーヤーサッサァ
スィ　スィ　スィ　ヒーヤーサッサァ

僕も踊る。

オバァありがとう　♪スィ　スィ
オバァありがとう　♪ハイッ　ハイッ
オバァありがとう　♪ヒーヤーサッサァ

僕たちはエイサーを舞い続けた。

とうさんもかあさんも、オジィもチィバァも流れる涙を拭おうともせず、手拍子を打っている。みんなオバァとの思い出を噛《か》みしめているんだ。

「あ！　ネーネー、オバァが手を振ってるよ」

康太が気付いてネーネーに知らせた。

「ほんとだ」

僕も動きを止める。

パーントゥオバァは、ガジュマルの木の下を離れ、門に向かって歩き出している。

「オバァ待って！　何処へ行くの？　もっと踊るからさー、見ていて」

ネーネーはオバァを追った。

「あれあれ、千秋は泣いているねー。千秋はもうすぐ大人になるさー。いっぱい勉強して人の役に立つ仕事を持ちなさいよ。そうよねー、そんなことは言わんでも、千秋はわかっているさーねー」

「わかっているさー、オバァ。だけど、やっぱり寂しい。さみしいよー、オバァ〜ア〜」

「ネーネー、南の御嶽に行ったらオバァに会えるよー」

僕は急いでネーネーに伝えた。

「そうねー。オバァ、会いに行っていい？」

「いいさー、いつでもいらっしゃい」

「オバァ！　僕、明日行くから」

「ハイハイ。まっているよー、康太」

オバァが、サトウキビ畑の向こうに消えようとしている。

「オバァ、待って！」

僕は、僕は聞きたいことが一つだけあるんだ。

✿

僕はオバァを追って走った。後ろではかあさんの声が叫んでいる。

「オバァ〜」

淡い三日月が、オバァの後ろ姿を映してくれた。

「よかった。まにあった」

オバァは立ち止まり、ゆっくりと振り返る。ひょっとしたら、オバァは僕を待っていてくれたのかもしれない。

「オバァ、聞きたいことがあるんだけど？」

「なんねー健太？　なんでも聞いていいよー」

僕は思いきって聞いた。

「オバァは本当は一年前に……一年前に死んでたんじゃないの？　御嶽のパーントゥ達は、そのことを知っていたんだよね？」

僕は一気にしゃべって、オバァの返事を待った。

「あれ！　やっぱり健太にはバレてしまったねー。そうさー、オバァは健太達が名古屋から帰った日の朝に死んでしまったさー」

「なんで？　やっぱり病気だったの？」

家出組はみんなそのことを気にしていたので、僕は聞いてみた。

「まさか！　ピンピンしていたよー。千秋とお芝居の練習で忙しかったさー」

「お芝居？」

僕は、一年前のことをもう忘れかけていた。

「オバァがボケた話さー。アッハッハッハ」

オバァは楽しそうに笑った。

「あの時、僕、泣いちゃったよ」

僕はあの日のことを思い出して、また目がウルウルしてきた。

「ごめんねー健太。そうそう、だから前の日まで元気だったわけさー。でもねー、オバァも百歳になっていたからねー。しょうがないさー」

「オバァ、もっと生きてほしかったよ」

鼻声で言った。

「ありがとう、健太。とにかく、あの時は死んでいる場合じゃなかったわけさー。健太達が帰ってくるしね。それで困ってしまって、オバァは死んだこと、まだみんなに気がつかれる前に、こっそり御嶽のパーントゥを訪ねたさー」

オバァは、ニッと笑った。

「そしたらパーントゥ達は、喜んで知恵を貸してくれてねー。『生きているフリすればいいよー、ウリャッ』って。おかげで誰にも気付かれずに一年間みんなと過ごせたのよ」

「そうだったんだ。昨日の朝、オバァが寝坊しちゃったから、チィバァに死んでいるオバァの姿を見られたんだね。いつものように早起きしてたら良かったのにー」

「まっ、予定より少し早かったけどいいさー。健太、これはオバァと健太だけの秘密だよー」

「うん。わかったよ、オバァ」

「ウッフフフフフ。健太、約束したよー」

オバァは手を上げてバイバイをすると、パッと消えてしまった。

僕は黒い波のようなサトウキビ畑に言うしかなかった。

「オバァ～、遅くなったけどー、パーントゥデビューおめでとう～」

オバァの返事はなかった。でもいいんだ。

僕はゆっくりと家に向かって歩いた。

昨夜より食べごろになったバナナの月がついて来た。

あとがき

〝パーントゥ〟という名前が好きです。パンがトウみたいな。パーンツウでもいけるような。でも、パーントゥは、れっきとした宮古島の島尻で行われる祭りの主人公です。しかも国の重要無形民俗文化財に指定されています。島尻のみなさん、勝手にパーントゥの名前を使ってしまってごめんなさい。決してパーントゥの名を汚したりしないので許してください。

私も良く生きて、いつかきっとパーントゥになるつもりです。この物語を読んでくださった人たちがみんなパーントゥになったとしたら、宮古島はパーントゥだらけできっと楽しいと思います。

この本が生まれるにあたってお世話になった人たちに心から感謝します。

原稿の整理をしてくれた友人の神田由美さん。担当編集者の新城和博さん。応援してくれる宮古島の皆さん。そして何よりもこの本を読んでくださったあなたに。

「タンディガータンディ」（ありがとうございます）

あんどうあいこ

あんどうあいこ

本名　安藤愛子　旧姓　砂川愛子
一九五六年生まれ　沖縄県宮古島出身
名古屋文化学園保育専門学校卒
保育園　さくらんぼ　で保育士として勤務
日本児童文学者協会会員
同人誌　コスモス文学　会員

「オバァの妖怪パーントゥデビュー」は、
第９１回コスモス文学新人賞児童小説部門奨励賞を受賞
愛知県大府市教育委員会より教育表彰を受賞
著書　絵本『パーントゥ』（新風舎）
愛知県大府市在住

オバァの妖怪 パーントゥ　デビュー

初版発行日　2005年10月11日

著　者　あんどうあいこ
発行者　宮城 正勝
発行所　（有）ボーダーインク
沖縄県那覇市与儀226－3
電話 098-835-2777 FAX 098-835-2840
http://www.borderink.com
印　刷　（資）精印堂印刷